JEUNESSE

Gilles Tibo

Illustrateur depuis plus de vingt ans, Gilles Tibo est reconnu pour ses superbes albums, dont ceux de la série *Simon*. Enthousiasmé par l'aventure de l'écriture, il a créé d'autres personnages. Il s'est laissé charmer par ces nouveaux héros qui prenaient vie, page après page. Pour notre plus grand bonheur, l'aventure de Noémie est devenue son premier roman.

Louise-Andrée Laliberté

Louise-Andrée Laliberté pratique notamment le métier d'illustratrice depuis quinze ans. Elle aime son travail parce qu'il n'est pas routinier et parce qu'aucune machine ne pourra jamais l'effectuer. Elle avoue dessiner parfois en vrai kamikaze. Elle travaille vite et il lui arrive de créer le dessin final sans faire d'esquisse. La réalisation dont elle est le plus fière : ses deux garçons. Lorsque ses dessins amusent ses enfants ou que ces derniers ouvrent grand les yeux en les regardant, alors elle se dit : mission accomplie.

Série Noémie

Noémie a sept ans et trois quarts. Avec Madame Lumbago, sa vieille gardienne qui est aussi sa voisine et sa complice, elle apprend à grandir. Lors d'événements pleins de rebondissements et de mille péripéties, elle découvre la tendresse, la complicité, l'amitié, la persévérance et la mort aussi. Coup de cœur garanti !

Noémie
La Clé
de l'énigme

Données de catalogage avant publication (Canada)

Tibo, Gilles

    La Clé de l'énigme

    (Bilbo-jeunesse ; 72)

    ISBN 2-89037-817-9

    I. Titre. II. Titre : Noémie, la Clé de l'énigme. III.
Collection. IV. Collection : Tibo, Gilles, 1951- . Noémie ; 3.

PS8589.I26C53 1997   jC843'.54   C97-9401018-9
PS9589.I26C53 1997
PZ23.T52C1 1997

**L'auteur remercie le Conseil des Arts du Canada
pour leur soutien financier.**

Les Éditions Québec Amérique bénéficient du programme de
subvention globale du Conseil des Arts du Canada.

Le Conseil des Arts | The Canada Council
du Canada | for the Arts

Diffusion :
Prologue inc.
1650, boul. Lionel-Bertrand
Boisbriand (Québec) J7H 1N7
Canada
Téléphone : 1-800-363-2864
Télécopieur : 1-800-361-8088
prologue@prologue.ca

Dépôt légal : 1er trimestre 1997
Bibliothèque nationale du Québec
Bibliothèque nationale du Canada

Révision linguistique : Diane Martin
Montage : Julie Dubuc
Troisième réimpression : juin 2001

Tous droits de traduction, de reproduction et d'adaptation réservés
©1997 Éditions Québec Amérique inc.
www.quebec-amerique.com

Noémie
La Clé de l'énigme

GILLES TIBO

ILLUSTRATIONS : LOUISE-ANDRÉE LALIBERTÉ

QUÉBEC AMÉRIQUE JEUNESSE

329, rue de la Commune O., 3ᵉ étage, Montréal (Québec) H2Y 2E1, (514) 499-3000

DU MÊME AUTEUR

NOÉMIE 1 - LE SECRET DE MADAME LUMBAGO, coll. Bilbo,
Québec Amérique Jeunesse, 1996.
• **Prix du Gouverneur général du Canada 1996**

NOÉMIE 2 - L'INCROYABLE JOURNÉE, coll. Bilbo,
Québec Amérique Jeunesse, 1996.

NOÉMIE 3 - LA CLÉ DE L'ÉNIGME, coll. Bilbo,
Québec Amérique Jeunesse, 1997.

NOÉMIE 4 - LES SEPT VÉRITÉS, coll. Bilbo,
Québec Amérique Jeunesse, 1997.

LES CAUCHEMARS DU PETIT GÉANT,
coll. Mini-Bilbo, Québec Amérique Jeunesse, 1997.

L'HIVER DU PETIT GÉANT, coll. Mini-Bilbo,
Québec Amérique Jeunesse, 1997.

NOÉMIE 5 - ALBERT AUX GRANDES OREILLES, coll. Bilbo,
Québec Amérique Jeunesse, 1998.

NOÉMIE 6 - LE CHÂTEAU DE GLACE, coll. Bilbo,
Québec Amérique Jeunesse, 1998.

LA FUSÉE DU PETIT GÉANT, coll. Mini-Bilbo,
Québec Amérique Jeunesse, 1998.

LES VOYAGES DU PETIT GÉANT, coll. Mini-Bilbo,
Québec Amérique Jeunesse, 1998.

LA NUIT ROUGE, coll. Titan,
Québec Amérique Jeunesse, 1998.

NOÉMIE 7 - LE JARDIN ZOOLOGIQUE, coll. Bilbo,
Québec Amérique Jeunesse, 1999.

NOÉMIE 8 - LA NUIT DES HORREURS, coll. Bilbo,
Québec Amérique Jeunesse, 1999.

LA PLANÈTE DU PETIT GÉANT, coll. Mini-Bilbo,
Québec Amérique Jeunesse, 1999.

NOÉMIE 9 - ADIEU, GRAND-MAMAN, coll. Bilbo,
Québec Amérique Jeunesse, 2000.

NOÉMIE 10 - LA BOITE MYSTÉRIEUSE coll. Bilbo,
Québec Amérique Jeunesse, 2000.

LA NUIT BLANCHE DU PETIT GÉANT, coll. Mini-Bilbo,
Québec Amérique Jeunesse, 2000.

L'ORAGE DU PETIT GÉANT, coll. Mini-Bilbo,
Québec Amérique Jeunesse, 2001.

LE MANGEUR DE PIERRES, roman adulte,
Québec Amérique, 2001.

*Pour mes sœurs Michelle, Johanne et Danielle,
gardiennes de grands et beaux souvenirs
de jeunesse au lac Farmer.*

-1-

Le réveil

Toute la nuit, je rêve à l'énigme :

CLÉ DANS L'OBJET DE GUERRE
OUVRE PETIT COFFRE
PAR TOUS CHIFFRES ADDITIONNÉS
À LA PROCHE CAISSE

Dans ma tête se mélangent des objets, des chiffres, des clés, des guerres, des coffres, des caisses... Puis, du fond de mon rêve, une voix m'appelle. J'entends :

— Noémie... Noémie... Réveille-toi, ma pauvre petite !

Je sens la main de Madame

Lumbago me secouer l'épaule. L'énigme disparaît. Tous les mots s'envolent comme des oiseaux. J'ouvre un œil et demande :

— Où suis-je?

— Dans ma cuisine, répond Madame Lumbago en bâillant. Tu t'es endormie, la tête appuyée sur la table! En voilà une drôle d'idée! Un lit, c'est bien mieux pour dormir!

En effet! J'ai mal à la tête, au cou, aux bras et aux jambes. Pour me réconforter, Madame Lumbago me prépare un lait au chocolat. Moi, j'essaie de me souvenir de l'énigme. Je n'y arrive pas. Je suis trop fatiguée. On dirait que tous les mots se mélangent dans ma tête.

Soudain, je me redresse et lui demande :

— Cette nuit, j'ai trouvé la clé de l'énigme... Je l'ai même notée sur un bout de papier. Où sont les feuilles qui traînaient sur la table?

Madame Lumbago bredouille :

— Je... je les ai jetées à la poubelle.

Je me lance vers la poubelle de la cuisine.

— Mais elle est vide! Regardez!

— Mon Dieu Seigneur! dit Madame Lumbago. Je viens de descendre toutes les ordures en bas sur le trottoir.

-2-

Les sacs
d'ordures

Je ne perds pas une seconde. En pyjama, je me précipite sur la galerie d'en avant. Madame Lumbago trottine derrière en demandant :

— Mon Dieu Seigneur! que se passe-t-il encore?

Je n'ai pas le temps de répondre. J'entends le bruit du camion, le camion des éboueurs, qui tourne le coin de la rue. Je descends les escaliers à toute allure. Un vieux monsieur, avec un chapeau troué, fouille dans les sacs d'ordures.

Une dizaine de sacs traînent sur le trottoir devant la maison.

Tous semblables! Lequel appartient à Madame Lumbago? Le camion approche de plus en plus. Je vois les éboueurs qui courent sur le trottoir et qui lancent les sacs dans le camion.

Je les ouvre en vitesse. Je cherche des indices. Non, celui-là n'appartient pas à Madame Lumbago, elle ne mange jamais de gâteau au chocolat. Celui-là non plus, elle ne jette jamais ses vieux sacs de papier brun. Celui-là non plus et celui-là non plus.

Le camion continue à se rapprocher, immense, avec son gros moteur bruyant comme un dinosaure. Je cherche toujours. Le cœur me saute dans la poitrine. Désespérée, j'ouvre les autres sacs et je regarde à l'intérieur le plus vite possible. Sur la galerie, Madame Lumbago crie :

— Noémie, qu'est-ce que les voisins vont dire?

Je n'ai pas le temps de penser aux voisins. Dans un bruit d'enfer, le gros camion arrête juste devant moi. Les deux éboueurs se précipitent sur les sacs et les lancent dans la boîte du camion, qui ouvre la bouche et les avale en les déchiquetant. Moi, je suis tout étourdie. Je crie :

— Attendez! Attendez, monsieur! Je cherche quelque chose de très important. C'est une question de vie ou de mort! Il me reste deux sacs à vérifier.

— Vite! Vite! répond l'éboueur en balançant les bras. On n'a pas rien que ça à faire!

J'ouvre l'avant-dernier sac et j'aperçois un reste de lasagne. La lasagne que je n'ai pas mangée hier soir. Je plonge mes mains dans le sac.

— Vite! Vite! crie encore l'éboueur.

En fouillant au fond du sac, je trouve un paquet de feuilles. Je reconnais mon écriture. Je prends tout le paquet en criant YAHOU!

Aussitôt, l'éboueur s'empare du sac et le lance dans le camion. La grande bouche se referme en grinçant. Les sacs et leur contenu craquent et se déchirent dans un bruit de tonnerre.

Pendant tout ce temps, deux dames me regardaient. La plus grande s'exclame :

— Si c'est pas triste de fouiller dans les poubelles... à son âge!

La dame cherche quelque chose dans ses poches et elle me tend une pièce de un dollar. Je n'en reviens pas. J'ai le goût de lui dire que je viens de trouver un trésor, que je suis la fille la plus riche du monde, que je pourrais acheter la galaxie entière si je voulais... mais je fais l'innocente. Je me tourne vers le vieux monsieur qui fouillait dans les poubelles et je lui dis en lui donnant le dollar :

— Monsieur, vous avez perdu ça !

Ensuite, sous les yeux ébahis du vieux monsieur et des deux dames, je remonte en courant chez Madame Lumbago avec mon paquet de feuilles sous le bras.

Au déjeuner

Devant un bol de céréales, Madame Lumbago et moi essayons de comprendre le sens de l'énigme. Ce n'est pas facile! Que veut dire :

CLÉ DANS L'OBJET DE GUERRE
OUVRE PETIT COFFRE
PAR TOUS CHIFFRES ADDITIONNÉS
À LA PROCHE CAISSE

Et que veulent dire tous ces chiffres intercalés sur la deuxième ligne?... 2... 1... 1... 2...

Nous tournons et retournons l'énigme dans tous les sens, nous n'y comprenons rien! Mystère total, comme on dit dans les films. Je sens que je vais devenir folle.

En plus, aujourd'hui vendredi, il faut que j'aille à l'école. Alors je commence à tousser et à éternuer comme une vraie malade. Je dis à Madame Lumbago :

— Je fais beaucoup trop de fièvre pour aller en classe. Et puis, je n'ai presque pas dormi de la nuit, je suis complètement épuisée.

Madame Lumbago me regarde avec son petit air de tout comprendre. Elle me touche le front et me serre dans ses bras en murmurant :

— En effet, je crois que tu devrais te reposer aujourd'hui... En plus, depuis que tu as trouvé la cachette du trésor, tout s'est passé si vite qu'on n'a pas eu le temps de... Il faudrait qu'on se parle, toi et moi.

Je ne comprends pas ce qu'elle veut dire. Madame Lumbago et moi, on se parle tout le temps. Je demande :

— Parler de quoi?

— Parler du trésor... Et de beaucoup d'autres choses!

— D'autres choses comme quoi?

— Ma petite Noémie, j'ai bien peur que la vie ne soit plus jamais comme avant!

Quand elle parle comme ça, Madame Lumbago me fait peur. Je la regarde, mine de rien, et je dis :

— Mais non, ne vous en faites pas. Pendant que vous dormiez cette nuit, moi je n'ai pas arrêté de rêver. J'ai pensé à tout... Et j'ai déjà tout réglé dans ma tête!

C'est vrai! Ce matin... Humm... Même si je suis très malade, on dirait que mes idées deviennent claires subitement. Je m'approche de Madame Lumbago. En lui prenant les mains, je dis :

— Nous avons deux problèmes à régler : premièrement, l'énigme du miroir. Ce n'est pas un problème très important. Au fond, ce n'est qu'un miroir déformant. Vous n'avez qu'à vous regarder dedans si ça vous amuse. Deuxièmement, le vrai problème : le trésor caché dans tous les murs de la maison. Je vous pose encore la question : avez-vous pensé à ce qui arriverait si la maison s'écroulait sous le poids de l'argent? Ce qui arriverait si la maison passait au feu? Si vous tombiez malade et même plus... si vous tombiez... morte...

— Je voulais justement en discuter, répond Madame Lumbago.

Mais je ne sais pas quoi faire! Je ne peux quand même pas dépenser tout cet argent... À moins de le donner aux bonnes œuvres.

— Aux quoi?

— Les bonnes œuvres... j'ai pensé que je pourrais donner tout cet argent aux pauvres de la paroisse, aux handicapés ou bien à des œuvres de charité...

Moi, j'avais pensé à tout, sauf à ça! Alors je regarde Madame Lumbago droit dans les yeux et je dis :

— Vous ferez bien ce que vous voudrez, c'est votre argent après tout! Mais il faut commencer par ouvrir tous les murs de votre appartement et déposer l'argent à la caisse populaire!

— Voilà le problème, répond Madame Lumbago. Je ne suis jamais allée à la caisse de toute ma vie. Mon Dieu Seigneur! je ne saurais pas comment faire.

Moi, je suis déjà allée au guichet automatique avec mes parents et j'ai même visité une caisse populaire à la télévision. Il n'y a rien d'épouvantable là-dedans. En plus, à l'école je dépose chaque semaine un peu d'argent dans un compte d'épargne. J'ai déjà ramassé douze dollars et vingt-cinq cents.

Je dis à Madame Lumbago, le plus doucement possible pour ne pas l'effrayer :

— Je ne vais pas à l'école aujourd'hui parce que je suis trop malade... Profitons-en pour aller à la caisse populaire et rencontrer quelqu'un qui nous expliquera quoi faire avec notre trésor.

— Notre trésor? demande Madame Lumbago.

Je m'assois sur ses genoux :

— Est-ce que ça pourrait être votre trésor à vous... et un petit peu le mien en même temps?

— Mon Dieu Seigneur! soupire Madame Lumbago en regardant le plafond.

Madame Lumbago est comme ça. Quelquefois elle ne répond pas aux questions, mais je sais que ça veut dire OUI quand même...

Sur le chemin
de la caisse

—Je vais à la caisse, pour te faire plaisir! dit Madame Lumbago. Uniquement pour te faire plaisir!

Je ne dis rien, j'ai trop peur qu'elle change d'idée. Nous fermons toutes les portes de la maison à double tour et nous nous dirigeons vers la caisse populaire. Madame Lumbago me serre la main très fort. Elle marche derrière moi. Je dois la tirer un peu. J'ai l'impression que c'est moi l'adulte et elle la petite fille.

En passant devant la crémerie, elle suggère avec sa petite voix mielleuse :

— Au lieu d'aller à la caisse, on devrait plutôt manger un bon sorbet aux fraises, avec du caramel, des noix et une cerise sur le dessus.

— Madame Lumbago... nous mangerons toute la crème glacée que vous voudrez, mais seulement après avoir rencontré quelqu'un à la caisse. Bon!

Un peu plus loin, elle lance :

— Viens, je t'invite à manger un beigne. Aujourd'hui tu peux en prendre deux et même trois si tu veux!

— Madame Lumbago!

Un peu plus loin, devant le magasin de bicyclettes, elle fait une ultime tentative :

— Je pense à ça, Noémie. Il serait temps de changer ta vieille bicyclette. Veux-tu que je t'en achète une neuve, avec des vitesses et un beau petit panier?

— Madame Lumbago!

Devant la caisse, elle s'arrête sec et murmure :

— Mon Dieu Seigneur! Noémie... comme tu m'en fais faire des choses...

— Ne vous inquiétez pas, madame Lumbago. Imaginez que vous jouez dans un film. Moi, je suis la réalisatrice. Laissez-vous faire, je m'occupe de tout!

À la caisse populaire

L'intérieur de la caisse populaire ressemble à un décor de cinéma avec un long comptoir très haut sur lequel les gens déposent leur argent. Pour surveiller les voleurs, il y a des caméras partout sur les murs. On entend une musique très douce, qui ne réussit pas à calmer Madame Lumbago.

Je m'approche du kiosque INFORMATION et je demande à la dame qui a un petit téléphone collé dans l'oreille :

— Bonjour... Pourrions-nous parler à quelqu'un qui nous renseignerait sur... comment...

je... heu... ne sais pas comment ça s'appelle...

La réceptionniste me regarde en souriant :

— Vous voulez ouvrir un compte? Parler à un conseiller financier? Au gérant? À un conseiller en crédit? À un conseiller en placements?

Madame Lumbago se fige sur place. Je réponds :

— Nous voulons parler à un conseiller au placement.

— Il est présentement occupé. Vous pourrez le rencontrer dans une vingtaine de minutes... Quel est votre nom?

— Je m'appelle Noémie!

— Asseyez-vous, ce ne sera pas bien long...

Je m'assois sur une chaise à côté de Madame Lumbago et je lui prends la main pour la rassurer. Sa paume est toute mouillée et elle tremble un peu. Je lui chuchote à l'oreille :

— Ne vous en faites pas, nous nous trouvons à l'endroit le plus sécuritaire du monde...

En lui disant ça, j'entends à l'extérieur de la caisse les pneus d'une auto qui crient. Quelques instants plus tard, un homme avec un grand manteau et un chapeau de cow-boy arrive au ralenti et entre dans la grande salle. Je sens qu'il se passe quelque chose de louche.

Un autre individu apparaît. Il porte des lunettes de soleil tellement noires qu'on ne voit pas ses yeux. Il tourne la tête de gauche à droite et regarde autour de lui.

Il s'approche lentement de moi. Je sais qu'il m'observe derrière ses lunettes qui ressemblent à un masque. Il avale un peu de salive, serre les dents. Je suis certaine qu'il sait que je sais qu'il sait que je l'ai reconnu. Voilà le plus grand hors-la-loi qui ait vécu au Far West. J'ai vu sa photo accrochée sur des poteaux de galerie dans plusieurs films westerns. Sa tête est mise à prix... Il a battu le record absolu des hold-up, vols de banque, extorsions et j'en passe, la liste serait trop longue.

Je réfléchis vite. Pendant qu'il attend en ligne avec les autres clients, moi, je pourrais détacher mes lacets de souliers. Ensuite, je ferais semblant de jouer près de lui et, sans qu'il s'en doute, je lui attacherais les jambes avec un lacet. Ensuite, d'un coup sec, j'ouvrirais son grand manteau et lui enlèverais les deux pistolets accrochés à sa ceinture. Puis, avant qu'il ait le temps de réagir, j'exécuterais un bond formidable. Je sauterais sur le côté et je tirerais de toutes mes forces sur le tapis. Il perdrait l'équilibre et tomberait à la renverse. Je l'enroulerais dans le tapis et l'attacherais avec mon autre lacet.

Mais je n'ai pas le temps d'intervenir. Il se gratte trois fois la joue et une fois le nez. Il fait des signes à son complice.

Plusieurs personnes pénètrent dans la caisse. Sans doute sa bande de hors-la-loi. Incroyable comme tout le monde est bien déguisé. Mais je ne suis pas dupe. Je vois bien qu'ils ont le nez croche, le menton pointu, un œil plus petit que l'autre. Je n'en reviens pas. Dans sa bande, il y a même de vieux monsieurs et de vieilles dames. Ça, c'est un truc de professionnel pour avoir l'air moins louche. Et puis, si le vol tourne mal, s'il faut que le méchant prenne un otage, il va en choisir un parmi ses complices. Je connais ça, je l'ai déjà vu dans un film.

Je semble être la seule personne à deviner qu'une attaque à main armée se prépare. Toutes les caissières parlent aux clients ou comptent de l'argent. La petite musique continue de jouer doucement comme si rien ne se passait.

Le méchant cow-boy sourit. Je vois sa dent en or qui brille. Sous son long manteau, il cache de grands sacs pour y entasser le fruit de son vol... Dehors, une diligence l'attend. Il n'aura qu'à siffler trois fois pour appeler son cheval et s'enfuir avec le butin.

Lentement, pour ne pas attirer l'attention, je chuchote à Madame Lumbago :

— Surtout ne bougez pas...
Ne vous inquiétez pas... Ne vous
énervez pas... Tout va bien! J'ai
le contrôle de la situation!

Je glisse de ma chaise et, à
petits pas, en frôlant le mur, je
me rends jusqu'à la réceptionniste. Dans son téléphone,
elle parle et elle rit beaucoup.
Je lui fais signe de s'approcher
et je lui murmure à l'oreille :

— Attention, un hold-up se
prépare!

— Quoi? Parle plus fort, ma
petite, je ne comprends rien...

— Attention, un hold-up se
prépare!

La réceptionniste éclate d'un
grand rire. On l'entend dans
toute la caisse. Puis, surprise, elle
regarde de l'autre côté du comptoir. Elle écarquille les yeux et
ferme la bouche d'un coup sec.

Le conseiller

De l'autre côté du comptoir apparaît un gros et grand personnage habillé comme un vrai Monsieur avec une cravate, une chemise blanche et un habit du dimanche, comme dirait Madame Lumbago.

Il s'approche de la réceptionniste, qui rougit et ne rit plus du tout. Il se penche vers elle et ils échangent quelques mots. Sans me regarder, il s'approche de Madame Lumbago et lui tend la main :

— Bonjour, madame Noémie, je me nomme Louis Bellemare,

conseiller en placements...
Voulez-vous me suivre dans
mon bureau?

Je le tire par le bord de son
habit.

— Non! Moi, je m'appelle
Noémie! Elle, c'est Madame
Lumbago... ma gardienne...

— Excusez-moi, excusez-moi,
répète le grand et gros Louis
Bellemare en rougissant. Voulez-
vous me suivre toutes les deux
dans mon bureau?

Je lui fais signe de se pencher
et lui murmure à l'oreille, pour
ne pas effrayer Madame Lumbago :

— Attention, j'ai repéré toute
une bande de hors-la-loi dans la
caisse!

Louis Bellemare éclate de rire.
HA! HA! HA! Il se relève en
disant :

— Elle est bien bonne celle-là.

Veuillez me suivre s'il vous plaît...

Il ouvre une petite porte et nous le suivons dans le labyrinthe des corridors. Je crois que nous marchons derrière le coffre-fort. Ça m'énerve! Madame Lumbago me serre la main. Elle transpire. Je sens qu'elle préférerait se trouver n'importe où ailleurs, même sur une autre planète!

Le gros Monsieur Louis Bellemare ferme la porte de son bureau. Sur sa table, il n'y a qu'une grosse calculatrice et la photo d'un enfant en culotte courte. L'enfant lui ressemble, c'est effrayant!

Madame Lumbago et moi, nous nous assoyons l'une à côté de l'autre, face au conseiller qui pose ses coudes sur la table en demandant :

— Alors, que puis-je faire

pour vous ?

Madame Lumbago pâlit à vue d'œil. Elle ne répond pas... Alors je dis, en posant moi aussi mes deux coudes sur le bureau :

— Voici notre problème, cher monsieur : nous possédons de l'argent et nous ne savons pas quoi faire avec...

— Je suis là pour vous conseiller, répond calmement Monsieur Louis Bellemare. Notre établissement a pour fonction de recevoir sous forme de dépôt des fonds que nous employons pour effectuer des opérations financières ou des opérations d'escompte. Ainsi, vous avez droit à une confirmation bancaire journalière qui révélera le solde de votre ou de vos comptes et qui comprendra des renseignements portant sur les opérations bancaires effectuées.

Vous me suivez?

Madame Lumbago et moi sommes figées sur place... Nous ne comprenons rien!

Puis, brusquement, Louis Bellemare éclate de rire :

— HA! HA! HA! Je fais la même farce chaque fois, juste pour voir la tête des clients... C'est toujours aussi drôle!... Bon... Soyons sérieux. Combien voulez-vous placer?

Écrasées sur nos chaises, Madame Lumbago et moi sommes complètement perdues. Je murmure :

— Heu... nous ne savons pas combien... Il ne s'agit pas d'argent ordinaire...

— Je ne comprends pas! De l'argent c'est de l'argent!

Madame Lumbago demande :

— On devrait peut-être s'en aller?

Je regarde le Monsieur dans les yeux et je dis :

— Bon, autant vous dire la vérité tout de suite... Depuis très très longtemps... nous ramassons et vendons... des bouteilles vides... Nous cachons des dizaines de sacs remplis de monnaie. Nous ne savons pas pour quel montant, mais nous voudrions les déposer... à la caisse.

— Ha... Je vois, dit le conseiller, rien de plus simple. Avez-vous un compte ici ?

— Non, répond Madame Lumbago. On devrait peut-être s'en aller...

— Ne vous inquiétez pas, madame. Ouvrir un compte est la chose la plus simple au monde... Une fois votre compte ouvert, nous vous fournirons des plastichanges.

— Des quoi ?

— Des plastichanges... des petits tubes en plastique dans lesquels vous rangerez votre monnaie. Ensuite vous viendrez les déposer dans votre compte. C'est simple comme bonjour!

— Bonjour, dit Madame Lumbago en se levant.

Avant qu'elle perde connaissance, je réplique tout de suite :

— Nous voulons ouvrir un compte immédiatement. N'est-ce pas, madame Lumbago?

— Excellent! Procédons, dit le monsieur conseiller...

Nous procédons. Tout se passe très vite. Madame Lumbago donne son nom et son adresse. Elle signe quelques papiers, et on prend même sa photographie.

Pour son premier dépôt, elle ouvre toute grande sa sacoche et sort un sac rempli de monnaie... Le conseiller sourcille un peu et nous donne des plasti-changes. Ensuite, il nous demande de l'attendre quelques instants.

Pendant que nous l'attendons, nous roulons des pièces de monnaie pour vingt-trois dollars et cinquante cents...

Nous restons toutes seules dans son bureau. J'en profite pour soulever les cadres accrochés au murs. FIOU! Il n'y a pas de fentes cachées, ni de micros dissimulés.

Le conseiller revient avec une gentille demoiselle qui ramasse tous les plastichanges. Elle repart et ferme la porte derrière elle. Assis devant nous, le conseiller nous demande :

— Comme ça, vous vendez des bouteilles depuis longtemps?

— Oui... moi depuis quelques années, Madame Lumbago

depuis cinquante ans.

— Drôle de passe-temps...

— Oui... Heu... Quand nous n'avons rien à faire, Madame Lumbago et moi, nous ramassons les vieilles bouteilles et nous les vendons. Heu...

Nous sommes sauvées de l'interrogatoire par la caissière qui revient avec un beau livret tout neuf. À l'intérieur, on peut lire :

COTISATION $5.00

DÉPÔT $18.50

Madame Lumbago s'exclame :

— Mon Dieu Seigneur! Incroyable!

— Fantastique! reprend le gros monsieur en se tapant sur le ventre. Bienvenue à la caisse populaire du Saint-Nom-de-Jésus!

Madame Lumbago semble très fière. Elle sourit de toutes ses dents!

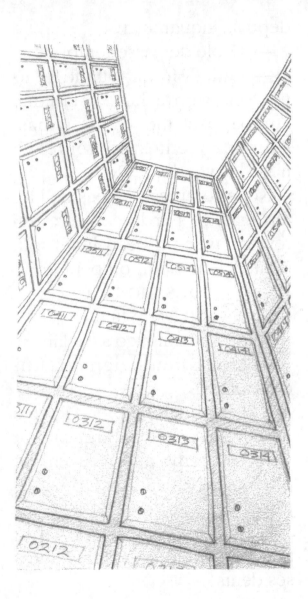

— Voilà, ma chère madame, dit le conseiller en serrant la main de Madame Lumbago. Maintenant vous pouvez déposer tout l'argent que vous voudrez. Cet argent est à vous! Je vous donne aussi un gros sac rempli de plastichanges. Encore une fois, je vous félicite!

En sortant du bureau, je demande au conseiller si nous pouvons visiter le coffre-fort.

— Mais avec plaisir, voyons donc!

Le coffre-fort est tellement grand que nous pouvons entrer et marcher à l'intérieur. Jamais un voleur ne pourrait emporter un coffre-fort aussi grand. Je n'en reviens pas. Je suis quand même un peu déçue. Il n'y a pas de trésor, nulle part. Les murs sont remplis de petites portes jusqu'au plafond. Sur chacune des portes, on voit un numéro et deux petites serrures.

— Ça, dit le conseiller, ce sont des coffrets de sûreté dans lesquels vous pouvez conserver vos objets précieux ou vos papiers notariés. Est-ce que ça vous intéresse?

— Non, répond Madame Lumbago. J'ai assez de tiroirs chez moi!

▲ ▲ ▲

En sortant de la caisse, Madame Lumbago et moi, nous marchons quelques instants sans rien dire.

Rendues au coin de la rue, nous nous lançons l'une contre l'autre en criant YAHOU!!!

— Félicitations, madame Lumbago. Nous avons réussi!

— Je suis bien contente, dit-

elle. Je vais déposer une partie
du trésor à la caisse...

— Comment ça, une partie?

— Il faut bien que je garde
un peu d'argent à la maison
pour t'acheter des surprises!

-7-

La télévision

Pour fêter cette journée historique, nous décidons de manger une crème glacée et d'acheter une télévision neuve avec un magnétoscope et une télécommande!

— Ça va faire du changement, dit Madame Lumbago.

Je comprends, la vieille télévision date sûrement de l'ancien temps et même de l'âge des cavernes. On dirait que les couleurs sont vieilles, que le son est vieux. Je me sens deux fois plus vieille que mon âge devant cette télévision.

Alors, Madame Lumbago et

moi allons visiter des magasins de télévisions.

Moi, la télévision, je connais ça parce que je la regarde depuis ma naissance et, en plus, toutes mes amies en possèdent une et même deux. Les Turgeon-Legault, par exemple, ont une télévision par personne et ils sont cinq chez eux!

▲ ▲ ▲

Nous fixons notre choix sur le vendeur le plus gentil et le plus souriant, celui qui a l'air le plus patient. Nous lui demandons de calculer le coût de la télévision et du magnétoscope avec les taxes et la livraison et de nous écrire ça sur un bout de papier.

Ensuite, nous nous précipitons chez Madame Lumbago et nous montons l'escalier en riant

comme des folles. Je ne sais pas ce qui lui prend à Madame Lumbago, mais aujourd'hui elle semble plus jeune que moi.

Nous ouvrons les sacs de papier brun et nous comptons exactement six cent quatre-vingts dollars et trente-huit sous!

L'expédition

Nous déposons les sacs remplis d'argent dans ma voiturette et nous prenons la direction du magasin de télévisions. Moi, je tire et Madame Lumbago trottine derrière, mine de rien.

Je décide de prendre le chemin le plus court et le plus sécuritaire. Je ne veux pas tomber dans une embuscade.

Nous ressemblons à des cowboys du Far West avec une diligence remplie d'or. Chaque fois que les roues passent sur les lignes du trottoir, la voiturette sursaute et la monnaie cachée

dans les sacs fait CLING...
CLING... c'est le meilleur moyen
pour attirer les malfaiteurs!

Je suis certaine que nous
sommes épiées par des voleurs
de grand chemin, par des tireurs
d'élite ou des hors-la-loi. Je suis
encore plus énervée que lorsque j'ai trouvé le trésor. J'ai peur!
Une sueur froide me coule dans
le dos. Madame Lumbago ne se
doute de rien, elle regarde les
oiseaux se balancer sur les fils
électriques. Elle n'a pas regardé
autant de films de cow-boys que
moi, ça paraît.

À mi-chemin, je fais une halte.
Je demande à Madame Lum-
bago de me donner cinq dollars
et de monter la garde quelques
minutes. Et surtout, surtout, je lui
ordonne de ne parler à aucun
étranger.

J'entre dans une boutique de

jouets et j'achète deux fusils à l'eau. Je les remplis d'eau très chaude dans les toilettes du magasin. Je les attache à ma ceinture. Me voilà prête à affronter n'importe quelle attaque!

En sortant, j'aperçois Madame Lumbago qui parle à un monsieur, un étranger. Il ressemble au tueur à gages que j'avais remarqué à la caisse. C'est sans doute son frère de sang. Il tourne autour de la voiturette comme un vautour. En parlant, il met ses mains dans son dos pour faire des signes à des complices cachés quelque part dans des camionnettes ou dans les égouts.

Dans la rue, des hors-la-loi déguisés en touristes passent en calèche. Incroyable! Ces faux touristes sortent leurs appareils photo et nous photographient sur le trottoir. Ils auront ainsi notre photo pour nous harceler plus tard. Ils font tout ça en pleine rue, mine de rien. Ces gens-là sourient beaucoup trop pour être innocents. Je connais ça... On ne me trompera pas aussi facilement. En plus, des hommes, cigare au bec, rôdent autour de notre butin en cachant des carabines sous leurs grands manteaux.

Je sens que l'étau se resserre autour de nous. Nous sommes complètement cernées. D'ici quelques instants, ils donneront l'assaut final. Ils se précipiteront sur Madame Lumbago et moi. Avant même que nous puissions crier, ils nous bâillonneront et nous attacheront comme des saucissons aux poteaux électriques. Ils se sauveront dans leur repaire avec notre butin et ils nous laisseront sécher au

soleil. Nous deviendrons des proies faciles pour les vautours et les hyènes!!!

Ah non! Ça ne se passera pas comme ça! En une fraction de seconde, je monte debout sur la voiturette et je sors mes deux fusils à l'eau en criant :

— Les mains en l'air, tout le monde! On a fini de jouer! Jetez vos armes! Le premier qui bouge va se retrouver raide mort dans la poussière!

L'attaque de
Raymond Gendron

Alors, le soleil tourne sur lui-même, le vent soulève la poussière. Au loin sur le trottoir apparaît Raymond Gendron, le petit génie de sixième année à qui j'avais demandé de résoudre mon énigme. Je suis certaine qu'il a tout découvert. Il s'approche comme au ralenti, les yeux vitreux, le vent dans les cheveux.

Une auto tourne le coin de la rue à toute allure. Les pneus crient! Par les fenêtres grandes ouvertes, on entend de la musique western.

Raymond Gendron s'arrête à

dix pas de moi, les deux mains le long du corps, prêt à dégainer. Nous nous regardons dans les yeux sans rien dire. L'heure est grave. Extrêmement tragique. L'un de nous doit mourir! Ça se passe comme ça dans les films.

Raymond Gendron tente de faire une diversion. Il lève le bras et se gratte la tête. Ensuite, à la vitesse de l'éclair, il met la main dans sa poche. Avant même que j'aie le temps de tirer, il dit :

— Tiens... ton énigme, c'était vraiment niaiseux à trouver! Tu sauras qu'en plus, moi, je ne t'aime pas... Salut, ti boutte!

Là, je ne comprends plus rien. Je déplie le papier et je lis :

JE T'AIME

RAYMOND GENDRON.

SIGNÉ NOÉMIE

Au-dessous, il y a plein de lettres alignées pêle-mêle les

unes à côté des autres. Je regarde Raymond Gendron et je lui dis en pointant mes deux fusils sur lui :

— Mais voyons donc, Raymond Gendron! Premièrement, ce n'est pas le secret de l'énigme. Deuxièmement, il n'y a pas de «M» dans le code secret et troisièmement, tu te trompes! Je ne t'aime pas! Pour qui te prends-tu? Et qu'est-ce que tu fais tout seul dans la rue, tu n'es pas à l'école?

— Non! Je suis malade cet après-midi et je me garde tout seul... Et toi, où vas-tu avec tes fusils à l'eau?

Je ne réponds même pas. Je lui tourne le dos et je continue à tirer ma voiturette. Raymond Gendron, l'hypocrite, me demande :

— Veux-tu que je t'aide? Ça semble pas mal lourd!

Il n'a même pas le temps de s'approcher :

— Si tu touches à un cheveu de ma voiturette, je te transforme en passoire! Tu vas finir ta vie six pieds sous terre et tu vas manger des pissenlits par la racine! En plus tu as l'air malade c'est effrayant! Tu blanchis à vue d'œil! Va te coucher tout de suite avant de tomber raide mort sur le trottoir!

-10-

Au magasin

Finalement, après avoir évité tous les pièges et surmonté toutes les embûches, Madame Lumbago et moi arrivons saines et sauves au magasin de télévisions.

Le vendeur semble surpris de nous voir entrer avec la voiturette et il est encore plus surpris lorsque Madame Lumbago lui dit :

— Voilà! Nous avons apporté le montant exact! Vous pouvez compter pour vérifier.

Le vendeur pâlit à mesure que nous déposons les sacs sur le comptoir.

— Excusez-nous, monsieur le vendeur, ça fait deux ans que nous ramassons et vendons de vieilles bouteilles vides pour acheter une télévision. C'est long, deux ans, vous savez!

— Bon, répond le vendeur en grimaçant. Nous aurons de la monnaie pour les dix prochaines années.

Pendant qu'il compte, un employé va dans l'entrepôt. Il revient les bras chargés d'une grosse boîte surmontée d'une petite.

— Voilà votre télévision et votre magnétoscope, dit le vendeur.

— Un instant, répond Madame Lumbago. Nous avons acheté le téléviseur, là sur la tablette!

— Le téléviseur que vous avez vu, c'est le démonstrateur. Le vôtre, celui que vous achetez, il dort, tout neuf dans sa boîte.

— Mon Dieu Seigneur! comme c'est fin, s'exclame Madame Lumbago. Y a-t-il une garantie?

— Oui! Deux ans, sur les pièces et la main-d'œuvre! En plus, nous offrons la livraison gratuitement. Quand désirez-vous qu'on vous les livre?

— Tout de suite!

— Pas de problème!

Avec l'employé, nous montons dans une petite camionnette. C'est super... Il nous dit :

— C'est bien la première fois que je livre une télévision, une madame, une petite fille et une voiturette en même temps!

▲ ▲ ▲

Le soir même, nous nous installons devant notre nouvelle télévision, moi avec un grand verre de lait et des biscuits au chocolat, Madame Lumbago avec sa tasse de thé.

Incroyable! L'image paraît deux fois plus grande. Les couleurs brillent. J'ai l'impression de regarder un écran de cinéma. Nous passons la soirée à jouer avec la télécommande et à changer de poste. Nous voulons écouter trois émissions en même temps. Nous nous chicanons... un peu :

— Noémie, passe-moi donc la télécommande!

— Non, une minute, c'est encore à mon tour!

— Non, c'est à mon tour, et en plus tu dois te coucher!

Madame Lumbago et moi, on ne se chicane jamais longtemps. Je l'aime tellement que je ne l'échangerais pas pour tout l'or du monde. Surtout lorsque le film de vampires donne des frissons. À ces moments-là, Madame Lumbago me prend et me serre dans ses bras parce qu'elle a plus peur que moi.

-11-

La grande
décision

À force de discuter et d'insister et de toujours revenir à la charge, j'ai fini par persuader Madame Lumbago de déposer tout son argent dans un compte à la caisse. Pour la convaincre, je lui ai dit exactement la même chose que mes parents m'ont répétée mille fois :

— C'est avec des sous qu'on fait des dollars. Avec des dollars qu'on fait des dix dollars. Avec des dix dollars qu'on fait des cent dollars et ainsi de suite jusqu'aux milliards de milliards. Rien de plus facile à comprendre!

Nous avons donc décidé de

vider, section par section, tous les murs de son appartement et de déposer la monnaie dans son compte à la caisse.

Chaque soir, après l'école, les devoirs et le souper, nous fermons les portes et les fenêtres à double tour et nous ouvrons une petite section du mur. Pour que ce soit plus facile, nous avons développé une méthode de travail : à chacune sa spécialité.

Moi, je prends le tournevis et le marteau et je défonce le plâtre. Ensuite, je rentre mon bras dans l'ouverture et je vide une section du mur. Chaque fois, mon cœur se débat dans ma poitrine, c'est effrayant! Chaque fois, j'espère trouver un trésor extraordinaire. Mais je ne trouve que des pièces de monnaie.

Quelquefois, le mur est rempli

à craquer et nous n'avons pas le temps de compter toutes les pièces. Nous les cachons dans de grosses boîtes de conserves, dans de vieux contenants de crème glacée, dans des boîtes de céréales et nous les comptons le lendemain.

D'autres fois, le mur est rempli à moitié et nous arrivons à faire tout notre travail pendant la soirée.

L'expérience nous a permis de mettre au point un système pour accélérer les choses. À côté de moi, je place un seau posé dans ma voiturette. Pour que les pièces ne fassent pas trop de bruit en tombant, j'ai recouvert le fond du seau avec un linge à vaisselle.

Lorsque mon seau est plein de monnaie, Madame Lumbago tire la voiturette jusque dans la

cuisine. C'est beaucoup moins fatigant comme ça.

À la cuisine, Madame Lumbago aligne la monnaie dans les plastichanges. Au début elle avait beaucoup de difficulté. Maintenant elle ressemble à une vraie professionnelle. Elle empile des dizaines et des centaines et des milliers de petits rouleaux sur le comptoir.

Nous recommençons le même manège tous les soirs et aussi la fin de semaine. Nous ne parlons plus, nous ne rions plus et nous sommes un peu découragées. Nous travaillons à temps plein. Je n'ai plus le loisir ni de me promener à bicyclette ni d'aller jouer au parc. Me voilà comme mes parents, complètement débordée.

Pour me motiver, j'essaie d'imaginer des moyens de dépenser tout cet argent. Je pourrais faire le tour du monde plusieurs fois et visiter tous les pays. Je pourrais donner beaucoup d'argent à mes parents pour qu'ils cessent de travailler comme des fous... Mais mon plus grand rêve, celui qui revient le plus souvent, ce serait

d'acheter un zoo.

Je passe de grandes soirées à vider les murs et à rêver que je possède le plus grand et le plus beau zoo du monde. Voilà!

De son côté, Madame Lumbago n'a pas beaucoup d'idées pour dépenser son argent. Elle dit toujours :

— J'ai vécu toute ma vie avec presque rien et je n'ai besoin que du minimum pour être heureuse.

Elle dit ça parce qu'elle vient de l'ancien temps et, à l'époque, les gens n'avaient rien à manger et rien pour jouer. Malgré tout, elle répète que c'était le bon vieux temps. Incroyable!

Tous les soirs, en fouillant dans les murs, je rêve au zoo que je vais acheter. Quand Madame Lumbago sent que je m'épuise, elle me dit :

— Tiens, prends un peu d'argent et va nous acheter des cornets de crème glacée.

Nous passons nos grandes soirées à compter l'argent, à remplir des petites fiches pour le dépôt à la caisse et à manger de la crème glacée.

Tous les soirs, avec du plâtre neuf, Madame Lumbago répare le mur défoncé et rien n'y paraît. Avec un crayon, elle fait un petit X au bas du mur. Ça veut dire que nous l'avons vidé et que nous pouvons passer au suivant.

-12-

Le travail
acharné

Après un mois de travail acharné, il y a tout plein de petits X dessinés au bas des murs du corridor, et là, vraiment, nous sommes découragées. Il reste à vider les murs du salon et de la chambre à coucher et nous n'avons plus d'énergie.

Madame Lumbago a tellement roulé de pièces de monnaie, qu'elle a eu des ampoules au bout des doigts. Maintenant c'est devenu de la corne. En riant, elle dit qu'elle pourrait travailler comme rouleuse d'argent dans une banque.

Moi, j'ai les bras tout éraflés à force de les rentrer et de les sortir du mur. J'ai tout plein d'échardes dans les mains et ce n'est pas très drôle. Je dois toujours mentir à mes parents. Lorsqu'ils me posent des questions, je réponds que je suis tombée à bicyclette et que je me suis égratignée les bras. Ils trouvent que je tombe souvent ces temps-ci.

Nous sommes tellement découragées que Madame Lumbago et moi, nous nous regardons souvent en soupirant :

— Je suis tannée, tannée, tannée...

— Moi aussi... moi aussi... moi aussi...

-13-

L'événement
extraordinaire

Un soir semblable à tous les autres soirs, Madame Lumbago et moi sommes absorbées par notre travail habituel. En écoutant la télévision installée sur le comptoir de la cuisine, Madame Lumbago roule la monnaie dans les plastichanges. Moi, je fouille dans le mur, et tout à coup mon cœur bondit dans ma poitrine. J'entends un curieux cling cling. Un cling cling qui ne ressemble pas aux millions d'autres que j'ai entendus. Je crie :

— Madame Lumbago! Vite! Venez voir! Il se passe quelque chose!

En fouillant, je touche à un objet qui ressemble à...

Je ne sais pas... Je n'ai jamais touché à quelque chose de semblable. C'est froid et ça ressemble à une carapace de tortue!

En agrippant le curieux objet, je sors lentement mon bras du mur et tout à coup, en voyant la chose, Madame Lumbago s'écrie:

— Mon Dieu! Une grenade!

Elle crie si fort que mes cheveux se dressent sur ma tête. Sans réfléchir, je lance la grenade au fond du corridor et je saute sur Madame Lumbago en criant:

— Vite, couchez-vous par terre!

Nous nous précipitons sur le plancher et relevons le bord du tapis pour nous protéger la figure. En retenant notre souffle,

nous attendons l'explosion. Une minute, deux minutes, trois minutes. Nous sommes aussi blanches que des fantômes.

Après quelques minutes longues comme des années, je sors ma tête de sous le tapis. La grenade gît sur le plancher au bout du corridor et on dirait qu'elle est cassée.

En rampant, je recule jusqu'à la cuisine. Je m'empare du couvercle de la grosse marmite en fer. J'enfile les mitaines pour le four et lentement, très lentement, protégée par mon bouclier, je rampe vers la grenade. Je dis à Madame Lumbago :

— Ne craignez rien. Je vais faire comme dans les films. Il n'y a pas de danger.

— Mon Dieu Seigneur! gémit Madame Lumbago qui ne comprend pas.

Cachée derrière mon bouclier, je m'approche de la grenade. Elle s'est cassée en deux, ouverte comme une huître. Et là, je n'en crois pas mes yeux. À l'intérieur de la grenade, enroulée dans une vieille ficelle, il y a... une curieuse petite clé.

-14-

La clé

J e me retourne et dis à Madame Lumbago, qui a la figure toujours cachée sous le tapis :

— N'ayez pas peur! C'est une fausse grenade! Venez voir ce qu'il y avait à l'intérieur!

Assises par terre l'une contre l'autre, nous regardons la petite clé.

Nous n'osons pas y toucher. Madame Lumbago croit toujours que la grenade peut exploser à tout moment. Alors, je lui demande de se barricader derrière la porte de sa chambre et de regarder par le trou de la serrure.

Cachée derrière mon bouclier, je lance un gros oreiller sur la grenade. Aucune explosion! Je prends le balai et je frappe sur l'oreiller de toutes mes forces. Aucune explosion!

— Vous voyez bien, Madame Lumbago, il n'y a aucun danger. C'est une fausse grenade.

Je retire l'oreiller et, avant même que Madame Lumbago ressorte de sa chambre, je déroule la ficelle autour de la clé.

Pendant plusieurs minutes, nous regardons la clé, la ficelle, la grenade et nous ne comprenons rien! C'est une clé ordinaire avec une ficelle ordinaire dans une grenade truquée. Madame Lumbago chuchote :

— Mais c'est une clé pour ouvrir quoi?

— C'est justement ça le problème. Nous n'avons aucun

indice. Aucun indice à part le vieux miroir.

Madame Lumbago sort le miroir de la poche de son tablier. Elle se regarde dedans en souriant. Nous plaçons le miroir et la clé l'un à côté de l'autre et nous tentons de trouver un lien entre les deux.

Et moi qui croyais avoir de l'imagination! Je ne comprends plus rien. Les idées s'éteignent dans ma tête et je ne réussis qu'à dire :

— Bon! Nous n'avons pas le choix. Nous devons continuer à vider les murs. Nous trouverons peut-être d'autres indices...

-15-

La vie plate

Tous les soirs, en silence, Madame Lumbago et moi, nous mettons les bouchées doubles, comme elle dit.

Nous travaillons comme des forcenées. Nous sortons la monnaie à pleins seaux. L'argent monte dans son compte, c'est effrayant. Le montant imprimé : vingt mille trois cents dollars et vingt-cinq sous !

Nous avons presque terminé notre travail. Il ne reste que le mur du fond du salon à vider et nous n'avons trouvé aucun autre indice. Rien ! Aucun papier ne nous donnant un semblant de piste à suivre. Aucun plan avec des signes et des flèches.

Je suis très déçue, extrêmement tannée, fatiguée, marabout, au bout du rouleau et je trouve ça plate. Encore plus plate que dans les films plates lorsque la musique est plate. Même Madame Lumbago n'en peut plus. Elle me dit souvent :

— Noémie, arrête de toujours dire que c'est plate parce que là, ça devient vraiment plate à la longue!

Pendant de longues soirées, nous continuons à vider le mur du salon. Nous ne trouvons rien, absolument rien, et nous approchons de la fin.

Puis arrive le soir fatidique, comme on dit dans les films. L'instant de vérité. Le moment ultime : il ne reste qu'une petite section du mur à vider.

Madame Lumbago et moi restons debout face au mur, sans parler, sans bouger, sans rien de rien. L'heure est grave. Nous le savons toutes les deux. Moi, j'ai de la difficulté à avaler ma salive. Alors je dis très lentement :

— Un... Deux... Trois... J'y vais !

Je donne quelques coups de tournevis dans le bas du mur. Aussitôt, les pièces coulent comme si on ouvrait un robinet.

Bientôt nous avons les pieds complètement recouverts par la nappe de monnaie. Il n'y a rien d'autre de caché dans le mur. Madame Lumbago et moi, on se regarde sans parler, mais on fait quand même une grimace qui veut tout dire.

Je ne peux pas le croire. Je m'agenouille et je rentre tout

mon bras dans le trou. Ma main fouille, cherche, tâtonne, mais je ne trouve rien... rien... rien...

-16-

La crème glacée

Complètement découragées, Madame Lumbago et moi laissons le tas de monnaie par terre dans le salon. Nous sortons sans même fermer la porte à clé et nous allons manger une crème glacée double format pour nous remonter le moral.

Nous dégustons notre crème glacée sans dire un mot. Nous réfléchissons chacune de notre côté.

Soudain, Madame Lumbago me demande :

— Que peut-on ouvrir avec une clé?

En réfléchissant, nous trouvons : une serrure de porte de maison, une serrure d'auto, un cadenas de coffre-fort, un cadenas de bicyclette...

Nous réfléchissons tellement fort que nous oublions de manger notre crème glacée. Elle ramollit et coule sur nos mains. Il me vient une idée :

— Je sais ce que nous pouvons faire. Allons demander au serrurier, à trois coins de rue d'ici.

Madame Lumbago me tire par la main. Nous nous levons tellement vite que je renverse mon cornet, et mes boules de crème glacée tombent par terre.

-17-

Chez le serrurier

À toute vitesse, nous nous précipitons chez le serrurier. Madame Lumbago trottine devant moi. Je n'en reviens pas.

— Vite, Noémie, dépêche-toi! Les magasins ferment dans deux minutes!

L'une derrière l'autre, nous nous faufilons entre les piétons en disant :

— Excusez-nous! Excusez-nous!

Nous passons aux feux rouges et nous arrivons tout essoufflées devant le magasin du serrurier. Il y a une clé géante au-dessus

de la porte. La vitrine est éteinte.
À l'intérieur du magasin, tout est
calme. Madame Lumbago dit :

— Déjà fermé? Mon Dieu Seigneur! Nous reviendrons demain.

Tout à coup, comme par miracle, la porte du serrurier
s'ouvre. Un vieux monsieur avec
une moustache sort du magasin
en nous regardant :

— Trop tard, mes petites
dames, ma journée est terminée.

Je me précipite sur le serrurier :

— Monsieur, monsieur, c'est
une question de vie ou de mort!
Pouvez-vous juste nous donner
un renseignement?

Avant même qu'il réponde, je
tire sur la ficelle suspendue à
mon cou et je lui montre la clé
en demandant :

— Savez-vous à quoi sert cette
clé?

— Ça, c'est une clé de porte,

qu'il répond sans hésiter.

En regardant la clé, je m'aperçois que je lui ai montré la clé
de la porte de chez moi. Je tire
sur l'autre ficelle et lui montre
l'autre clé, celle que nous venons
de trouver :

— Et celle-là?

Le serrurier se penche, tourne
la clé, la regarde et dit en se re-
levant :

— Ça, c'est une clé de coffret
de sûreté!

Madame Lumbago et moi restons figées sur le trottoir. Nous nous regardons, la bouche grande ouverte. Je suis certaine que nous avons des points d'interrogation dessinés dans le front.

Alors je dis à Madame Lumbago :

— Vite! il faut se rendre à la caisse et tenter d'ouvrir chaque coffret de sûreté.

-18-

Retour
à la caisse

Nous arrivons trop tard à la caisse. Toutes les portes sont verrouillées. Nous regardons par les fenêtres. Il n'y a plus personne à l'intérieur. Nous sommes tellement déçues que nous ne savons plus quoi faire.

Pour ne pas pleurer, je dis à Madame Lumbago :

— On pourrait se cacher et attendre un voleur de banque. Alors on pourrait entrer dans la caisse derrière lui et trouver le coffret de sûreté qui correspond à la clé.

Madame Lumbago ne répond pas. Et quand elle ne me répond

pas de cette façon-là, ça indique que je viens de dire ou de faire quelque chose qui n'a pas d'allure!

▲ ▲ ▲

De retour chez elle. Nous nous installons à la table de la cuisine devant le miroir et la petite clé. Nous réfléchissons.

Moi, je réfléchis tellement fort que j'ai mal dans le front et aussi un peu au pied gauche. Bizarre!

J'essaie de réfléchir le plus intelligemment du monde. Je fais comme dans les films. Je ré-capitule pour voir si je n'ai rien oublié. Nous avons trouvé un miroir avec, au dos, un message. Nous avons trouvé l'énigme du message, mais nous ne savons pas ce qu'il signifie. Nous avons aussi trouvé la clé d'un coffret de sûreté comme il y en a des centaines à la caisse...

Jusqu'à maintenant nous nous sommes surtout occupées du message secret sans même nous demander à quoi servaient les chiffres.

Alors j'interroge Madame Lumbago :

— Des chiffres, ça sert à quoi, habituellement?

— Habituellement ça sert à faire des additions, des soustractions, à compter des choses! Ça peut servir aussi comme numéro de téléphone, numéro de porte...

Quand Madame Lumbago dit le mot «porte», un éclair traverse mon cerveau. Je suis tellement excitée que j'ai de la difficulté à parler. Je me lève d'un bond et je marche dans la cuisine de long en large en balbutiant :

— Les chiffres correspondent

peut-être à... oui, voilà, je crois que je viens de le trouver... Les chiffres correspondent au numéro de la porte d'un coffret de sûreté.

— Oui, mais lequel? demande Madame Lumbago.

Je relis pour la millième fois l'énigme :

CLÉ DANS L'OBJET DE GUERRE

OUVRE PETIT COFFRE

PAR TOUS CHIFFRES ADDITIONNÉS

À LA PROCHE CAISSE

Avec les chiffres : 2112...

— Mais nous sommes aveugles ou quoi? Regardez, c'est écrit pour que ça nous saute aux yeux. LA CLÉ DANS L'OBJET DE GUERRE, c'est la clé cachée dans la grenade. OUVRE PETIT COFFRE, c'est le coffret de sûreté. Les chiffres intercalés donnent le numéro du coffret... 2112... Donc, il y a quelque chose dans le coffret de sûreté numéro 2112... À

LA PROCHE CAISSE doit vouloir dire à la caisse la plus proche.

Nous avons la clé et le numéro du coffret. Nous n'avons qu'à l'ouvrir pour savoir ce qu'il y a de caché à l'intérieur. Yahou!

Madame Lumbago se gratte la tête en disant :

— Mon Dieu Seigneur, Noémie! Si tu as raison, alors tu es un vrai petit génie!

Malheureusement, le petit génie doit se coucher parce que demain matin il doit se lever tôt pour aller à l'école.

J'enfile mon pyjama et je me couche dans le lit de Madame Lumbago. Je ferme les yeux, vire d'un bord et de l'autre. Je suis beaucoup trop énervée pour dormir. Je n'arrête pas de penser à ce foutu coffret de sûreté.

J'imagine que je me faufile à la caisse... Je rentre dans le gros coffre-fort. Je regarde les immenses murs recouverts de petites portes numérotées. Je trouve le coffret 2112. Je rentre la clé dans la serrure, j'ouvre la porte et... mon imagination part au galop : le coffret déborde de pierres précieuses, de parchemins roulés et attachés avec de vieilles ficelles. Il y a même des lapins cachés tout au fond. Un zoo au grand complet s'ouvre devant moi. Les lions rugissent, les singes grimpent sur les murs et moi, je m'endors, bercée par un panda géant...

-19-

Au petit déjeuner

Lorsque je m'éveille, Madame Lumbago fait la popote dans la cuisine. Ça sent les œufs au bacon et les rôties avec du beurre fondu.

Dehors, il tombe une petite pluie grise, mais ça ne me fait rien. J'ai l'impression d'avoir du soleil dans la tête.

Madame Lumbago et moi déjeunons en silence. Ça veut dire que nous réfléchissons. Après ma deuxième rôtie au beurre d'arachide, je demande :

— La caisse ouvre à quelle heure?

— À dix heures...

— Savez-vous, Madame Lumbago... vous qui êtes la meilleure gardienne du monde, vous que j'aime plus gros qu'une banque, savez-vous que ce matin, je suis trop malade pour aller à l'école?

Madame Lumbago comprend mon message. Elle se penche vers moi et dit :

— Bon, ça va pour ce matin. Tu peux venir avec moi à la caisse. Mais tout de suite après, tu me jures que tu retournes en classe pour le reste de la journée.

— Je le jure. Croix de bois, croix de fer, si je mens, je vais en enfer.

-20-

Le deuxième retour

L'horloge de la cuisine marque huit heures. Il reste deux heures à attendre. Je n'ai jamais trouvé le temps aussi long de toute ma vie. Pour essayer de ne pas y penser, je regarde la télévision en écoutant de la musique, en dessinant, en mâchant de la gomme, en me tortillant sur place et en parlant tout le temps.

C'est effrayant, les secondes avancent comme des tortues et les minutes se font attendre les unes après les autres.

Arrive enfin l'heure de nous rendre à la caisse. Madame

Lumbago et moi marchons ensemble sous son grand parapluie noir. Je suis tellement énervée que c'est plus fort que moi, je donne des coups de pied dans chaque flaque d'eau que je vois sur le trottoir.

Nous entrons dans la caisse et je me rends compte que Madame Lumbago a pris beaucoup d'expérience. Elle sourit à tout le monde. Avec la main, elle dit bonjour à des secrétaires de l'autre côté du grand comptoir.

La réceptionniste lui sourit :

— Bonjour, Madame Lumbago, puis-je faire quelque chose pour vous?

— Oui, voici, mademoiselle, en faisant le ménage, j'ai trouvé par hasard... la clé du coffret de sûreté de mon défunt mari.

— Je vérifie tout de suite avec l'ordinateur, répond la réceptionniste. Connaissez-vous le numéro du coffret?

— Numéro 2112...

— Impossible, répond la réceptionniste.

Je demande en bégayant :

— C... C... Comment ça, im... impossible?

— Impossible, dit la réceptionniste, nous avons seulement six cents coffrets. Attendez, je vais vérifier quelque chose. Quel était le prénom de votre mari déjà?

— Émile... Émile Lumbago!

— Voilà, s'exclame la secrétaire. Monsieur Émile Lumbago... retraité de guerre... Il a pris un coffret de sûreté... en 1944.

— Probable, répond Madame Lumbago. Il est revenu de la guerre en 1942.

Moi, je ne peux plus les écouter discuter. Je demande :

— Alors, quel est le numéro de son coffret?

— Je regrette, dit la réceptionniste. Je ne peux pas répondre à cette question. C'est confidentiel.

Je suis tellement surprise par la réponse de la réceptionniste que je n'en crois pas mes oreilles. Alors je lui dis :

— Prêtez-moi un crayon et du papier, s'il vous plaît.

Sous le regard ahuri de Madame Lumbago, je vais m'asseoir sur une chaise et je réfléchis en repensant à l'énigme.

CLÉ DANS L'OBJET DE GUERRE

OUVRE PETIT COFFRE

PAR TOUS CHIFFRES ADDITIONNÉS

À LA PROCHE CAISSE

Avec les chiffres : 2112...

Tout à coup, les mots s'allument dans ma tête : PAR TOUS CHIFFRES ADDITIONNÉS. Pourquoi n'y ai-je pas pensé plus tôt?

Alors je prends tous les chiffres et je les additionne : 2 plus 1 plus 1 plus 2, ce qui donne 6.

En sueur, mon cœur qui rebondit dans ma poitrine, je dis à la réceptionniste :

— Mademoiselle, nous désirons voir le coffret numéro 6!

La réceptionniste me regarde en souriant.

— Allez-y, dit-elle, vous n'avez qu'à vous présenter au comptoir.

-21-

Dans le coffre

Madame Lumbago dit :
— Merci beaucoup, mademoiselle Aubin !

Le cœur me bat dans la poitrine, c'est effrayant ! Bientôt, dans quelques secondes, je saurai tout, tout, tout. Il n'y aura plus d'énigme, plus de questions sans réponse et, en plus, Madame Lumbago sera tellement riche qu'elle me donnera tout ce que je voudrai. Je pense déjà à acheter mon zoo pendant la fin de semaine. Ça, c'est super !

Au comptoir, Madame Lumbago sourit de toutes ses dents à la préposée :

— Bonjour, mademoiselle Marineau, je voudrais voir le coffret de sûreté numéro six.

La gentille mademoiselle ouvre le comptoir et nous la suivons jusqu'à la porte du coffre-fort. Elle nous fait signe d'entrer et elle tourne son passe-partout dans la plus grosse serrure du coffret numéro six. Ensuite, elle quitte le coffre-fort et nous restons seules à l'intérieur.

Je suis tellement excitée que j'ai de la difficulté à passer la ficelle autour de ma tête. Mes mains tremblent. Je prends la clé et je la donne à Madame Lumbago, qui me dit :

— Garde la clé, Noémie, c'est grâce à toi si nous sommes ici. À toi l'honneur! Tu ouvres le coffret!

Le coffret numéro 6 se trouve dans le mur à droite de l'entrée.

Je me place devant, mais il est trop haut. Je dois monter sur une chaise pour l'atteindre.

Me voilà si énervée que, pour la première fois de ma vie, j'ai le vertige. Madame Lumbago s'approche. D'une main, je m'agrippe à son épaule et de l'autre, j'essaie de rentrer la clé dans la serrure du coffret.

Et là, tout s'embrouille. Je ne comprends plus rien. Je dis :

— Non, ce n'est pas vrai... Ce n'est pas vrai...

Incroyable! Je ne peux pas rentrer la clé dans la serrure. La gorge sèche, les yeux pleins d'eau, je regarde Madame Lumbago et je fonds en larmes.

— Mon Dieu Seigneur! soupire Madame Lumbago, ça ne se peut pas. Nous avons la clé et la réceptionniste a confirmé que ce coffret appartenait à

Émile! Prête-moi la clé, je vais essayer.

Madame Lumbago prend la clé et l'approche lentement de la serrure. Elle attend quelques secondes, comme pour conjurer le mauvais sort.

Lentement, elle pousse la clé, qui rentre dans la serrure avec un petit bruit de métal. Moi, je n'en reviens pas. C'est la première fois de ma vie que je vois un miracle se produire sous mes yeux.

Madame Lumbago me regarde en riant :

— Ma pauvre petite Noémie. Il faut juste rentrer la clé du bon côté, c'est tout. Allez, vas-y, tourne-la maintenant.

J'ai trop honte de moi, je ne réponds pas. Je tourne la clé qui fait clic dans la serrure. Mon imagination court dans ma tête.

J'ai peur! J'ai peur de je ne sais pas quoi, qu'un monstre sorte du coffret et me mange la main!

Alors je n'en peux plus, j'ouvre le porte du coffret et à l'intérieur se trouve un petit tiroir tout recouvert de velours avec un couvercle dessus. Je sors le tiroir, j'ouvre le couvercle et je tomberais de la chaise si Madame Lumbago ne me soutenait pas.

À l'intérieur du tiroir, il n'y a qu'un petit calepin et quelques vieux papiers pliés. C'est tout! Le coffret est vide de trésor, vide de tout ce que j'avais imaginé pendant des jours et des nuits.

Mon cœur arrête de battre. Je suis tout étourdie. Je m'assois. J'ai l'impression que la chaise tourne sur elle-même en montant dans les airs. Pendant ce temps, Madame Lumbago fronce les sourcils en feuilletant le calepin et les papiers. Elle répète :

— Mon Dieu Seigneur! Mon Dieu Seigneur!

On dirait qu'elle rapetisse à vue d'œil. Soudain, elle met tous les papiers et le calepin dans son sac. Elle referme le coffret en disant d'un ton sec :

— Viens-t'en, Noémie, on s'en va!

-22-

La vérité vraie

S ans dire un mot, Madame Lumbago sort de la caisse à toute vitesse. Moi, je ne comprends plus rien. C'est la première fois de ma vie que je la vois dans un tel état. Elle marche sous la pluie sans ouvrir son parapluie. Je cours derrière elle pour la rattraper.

— Qu'est-ce qu'il y a? Que se passe-t-il, Madame Lumbago?

— Rien, Noémie, il ne se passe rien. Tu es trop jeune pour comprendre ces choses-là!

Je me plante sur le trottoir devant elle et je lui dis, en la regardant droit dans les yeux :

— Écoutez, madame Lumbago, je suis assez vieille pour tout comprendre. Je suis très intelligente, vous n'arrêtez pas de me le répéter. Alors là, c'est le temps de le prouver.

Madame Lumbago me prend dans ses bras en disant :

— Ma pauvre petite! Ma pauvre petite!

Puis, elle fait ce qu'une personne de son âge ne fait jamais. Comme une toute petite fille, elle s'assoit sur les marches d'un escalier... un escalier d'une maison qu'on ne connaît même pas. Elle ouvre son sac et en sort le petit calepin trouvé dans le coffret.

— Tiens, dit-elle, toute la vérité est là-dedans.

J'ouvre le calepin. Sur la première page, en belles lettres dessinées à la plume, il est écrit : *Testament de Monsieur*

Émile Lumbago.

Sur la deuxième page : *Je dédie ce livret à ma petite-fille Noémie.*

Je demande :

— Pourquoi? Qu'est-ce que ça veut dire?

Madame Lumbago regarde les nuages. Elle ouvre enfin son grand parapluie et murmure avec un trémolo dans la voix :

— Ça... ça veut dire... que tu es... la petite-fille d'Émile. Ça veut dire que Monsieur Lumbago était ton grand-père...

Un grand frisson me parcourt le corps. J'avale ma salive et lui demande :

— Est-ce que ça veut dire que vous... vous... vous êtes ma grand-mère?

— Oui...

— Ma vraie grand-mère pour vrai?

— Oui...

Ses yeux se remplissent d'eau. De grosses larmes coulent sur ses joues. Moi, je crie en regardant le ciel :

— YAHOU!!! C'est le plus beau jour de ma vie!!!

J'embrasse Madame Lumbago sur les joues en lui disant :

— Ha, c'est pour ça que je vous ressemble sur vos photos de jeunesse et que je vous aime comme une vraie grand-mère.

— Moi aussi je t'aime... comme une vraie grand-mère, répond Madame Lumbago.

— Mais comment ça se fait que vous soyez ma vraie grand-mère pour vrai? Et pourquoi vous ne m'avez jamais rien dit? Là, il y a quelque chose que je ne comprends pas.

En me serrant dans ses bras, elle me chuchote :

— Ça, c'est une bien longue histoire. Je vais tout te raconter...

Assises toutes les deux dans l'escalier, nous ne parlons plus. Malgré les gros nuages et la petite pluie fine, le soleil brille dans le ciel. J'essaie d'imaginer tous les secrets de sa vie. Je me tourne vers elle :

— Grand-maman! Allez-vous me dire toute la vérité?

— Oui, toute la vérité, ma petite-fille. Je le jure!

Suite dans :
Les Sept Vérités